El tiempo. Todo. Locura

Mónica Carrillo
El tiempo. Todo. Locura

Planeta

El papel utilizado para la impresión de este libro es cien por cien libre de cloro y está calificado como **papel ecológico**.

Avinguda Diagonal, 662, 6.ª planta. 08034 Barcelona (España)
www.planetadelibros.com

Diseño de la cubierta: Booket / Área Editorial Grupo Planeta
Primera edición en Colección Booket: mayo de 2018

Depósito legal: B. 7.024-2018
ISBN: 978-84-08-18673-1
Impresión y encuadernación: Huertas Indústrias Gráficas, S. A.
Printed in Spain - Impreso en España

El tiempo

¿Qué pasó conmigo, tiempo?
¿No lo curabas todo?

El futuro no es tuyo
ni mío
No es de nadie
todavía

A tu ida y a mi vuelta
Al llegarte y descubrir
Cuando el futuro era incierto
Y el porvenir, por venir

Siempre supe que eras tú
Siempre me supo a poco
Nunca sabré cómo sabría el futuro
Juntos
Sabio amor desabrido que nos alejó

Ni rápido, ni despacio
Sólo lento
Ni respiro, ni suspiro
Sólo aliento
Ni remo, ni mar
Sólo viento
Ni mañana, ni noche
Sólo tiempo

Te extraño
Recuerdos tibios, a ratos
tan fuertes, a veces
Qué extraño
Todo queda ya lejos
Y, a veces,
Te echo de menos,
septiembre

Aquello duró mucho
Demasiado
Hasta que me cansé de fingir los sarcasmos

Te eché de menos cada día de más

Aquellas noches
en las que no entendía qué me pasaba
Pasaba la vida por encima de un cuerpo
que sin ti ya era pasado

No fue fácil
encontrar
Nada sencillo
sentirlo
Corresponderse,
un milagro,
privilegio vivido
Y ahora, si miro atrás,
sólo sigilo

¿Te acuerdas de cuando hablábamos de
nuestro futuro? Ya ha pasado
Ya es pasado

Tanto tiempo
de espera
Tanto día
en la sombra
Ya no hay batalla,
no hay guerra
Abro los ojos
Vuelvo a ser otra
La misma que era

Hace tiempo que soy río
Que me dejo llevar y fluir
Hace tiempo que sonrío
Desde que conseguí huir
De ti

Nunca cerré aquel paréntesis
por si volvías a entrar

Después de tu adiós
Olas de mar
revuelto
Resaca sin freno
Horas de más
Días de menos

Yo también quise rehacer mi vida pero no
pude viajar atrás en el tiempo

—¿Qué pasó?
—La vida. Sin ti

Qué tiempos aquellos cuando tenía ganas de
estar en otros días, otras horas, otras vidas
La tuya

Toda la vida contigo aprendiendo a ganarle
un segundo al tiempo perdido

El olvido siempre aparece
A modo de recuerdos

Tú tan de vez en cuando,
yo tan de cuando en siempre

Mi recuerdo favorito juntos es de aquel viaje
a aquel lugar donde nunca fuimos
aquel año que nunca existió

Y, al final, la espera fue el fin

Ahora que
Ahora ya
Ahora sin
Ahora en vez
Ahora si
Ahora al fin
Ahora yo
Ahoga el tú
Ahora, sí
Ahora, tú

Ahora, quién
Ahora, yo
Ahora, bien

Y llegó la temporada de tormentas
Y mi tormento
Tú

Recuérdame
cuando me veas
que me fui
Recuérdame
cuando te vea
que lo prometí
Recuérdame
cuando sea
Recuérdame,
tú a mí

De tanto tiento
pasó en silencio
De poco aliento
sufrió el anhelo
De mucho tiempo
sus días de hielo

Ya no me acuerdo si tu recuerdo vale más que tú

¿Te acuerdas de cuando podíamos
enamorarnos de otros?
Yo tampoco

La guillotina del tiempo
Ella fue la culpable
Nos dejó el cuerpo
seccionado en dos partes
No hay pegamento
Ni cura
Sólo carne

Estuve dormida tanto tiempo
que fue un sueño despertar

Mi vida en una foto
Colgada de la pared
Apenas queda ya nada
Apenas se tiene en pie
La miro, veo el reflejo
Todo lo que hay-ya no es

Está envejeciendo tu vida sin mí
Y yo tenía otros planes para tus años
Y los míos

Ya es mañana y yo sigo en el ayer

Deshaz
este cuerpo
Devuélveme
el tiempo
Desastre,
mi miedo
Deshazme
de ti
Derrumbe,
silencio
Deshaz
este nudo
Desata
el recuerdo

Pensaba que lo peor fue perderte
Aún peor fue el tiempo perdido

Todavía me acuerdo de algo
La hora, la espera perdida
Acordes desafinados
La clave de sol malherida
Todavía me acuerdo, qué hago

Ese tiempo,
cobarde,
que corre
y escapa
Ese tiempo,
que no vuelve
y mira como si nada
Ese tiempo,
que no espera,
perdido,
que vuela

Me llenaste la cabeza de recuerdos
que nunca llegaremos a vivir juntos

Hace tanto tiempo de todo
que ya nada recuerdo
Sólo queda todo el tiempo perdido
en los días que no te encontraba
Nada
Sólo eso

Cuando ya no importe
tendremos esa charla pendiente
de lo que pudo ser y se fue
Cuando ya no importe
seré yo quien calle, no sé

Lo rápido que volaba el tiempo cuando vivíamos
y lo lento que pasa ahora que sobrevivo

Recuerdo perfectamente el día que empezaste
a descoser mi vida
Yo, que ni de aguja ni de dedal entendía
para poder remendarme

Recuerdo que un día no me fijé en los detalles
Tu olor, tu gesto, ni esa bufanda gris
Era 20, enero
Pero, ya ves, no me acuerdo

Le pedí al tiempo
un segundo
Al silencio
que me hablase
Les pedí a tus ojos
un mundo
Y a tu boca
una excusa
para besarme

Recuerdo cuando todos los días eran fiesta
Y de guardar
Contigo

Desnuda a la espera
de un tiempo que se fue
Y ahora que ya no te intuyo
siquiera
Dime
Ahora quién amansa
esta fiera
Quién

No sabía que por ti moría
un rato al final del día
En vela
la noche entera
Y el día vuelve a nacer
con la misma resta de ayer

Me acuerdo mucho de aquellos días,
de cuando la vida era otra cosa

La vida es eso que pasa mientras te cuento
que cuento los días que pasan para que tú
también los cuentes
Y me lo cuentes

Me contaron mis días vacíos que al final
se llenaron contigo
Pero sin ti

Tardé tanto en volver a colocarte en el lugar
que te correspondía que cuando lo conseguí
era yo la que había cambiado
Y me fui

El día menos pensado dejaré de hacerlo
En ti

—¿Os enamorasteis?
—Sí, nos quisimos mucho pero al final
tuvimos que separarnos
—¿Y qué pasó?
—La vida

Aún recuerdo cuándo
Aún me duele porque
Aún estás
Todavía

Qué sabrá mi tiempo perdido
si no fue capaz de encontrarte

Por un segundo pensé
que yo para ti también era lo primero
El segundo resultó ser literal

Pedí para Reyes tu corazón envuelto en celofán
Aquí guardo el papel
Y creo que ya está arrugado
como mis ganas de que vuelvas

Te esperé todo el tiempo
Esperanza de vida
Esperé todo
El tiempo
Esperanza debida

Si no fuera yo, sería tú
Para tenerte cerca todo el tiempo

Hay veces que recuerdo cuando
Que te digo aquello
Que imagino si
Hay veces que
Y hay ratos que no
Pero son los menos

A veces recuerdo lo mucho que nos quisimos
Y cuando digo recuerdo quiero decir me invento
Y donde dije quisimos digo quise

La diferencia entre «sin ti yo no»
y «sin ti ya no» es tiempo

Pasa la vida
Pesan los miedos
Pisa la muerte
Posan los sueños
Todo supuso siempre lo mismo:
llega el final, vive tu suerte

Lavidaesesoque pasa hasta que me respondes
Lavidaesesoque pisa, rápido y sin girarse
Lavidaesesoque pesa, tu adiós en mi cabeza

La vida es eso. El paso, el peso que pisa
La vida es el poso y mucho más
Todo lo que se puso

—Te quiero desde el día que te vi
—¡Me conociste ayer!
—Y no te miento
—Eso no es nada
—Si muero hoy, te quise hasta el final de mis días

Tengo un presentimiento
Mañana será un sentimiento
y pasado mañana un recuerdo

Amores que duran toda una vida
Vidas que duran el recuerdo de un amor
Y después estabas tú
que todo lo ocupabas
hubiera vida o no

—Te voy a querer siempre
—¿Eso no es demasiado?
—Tienes razón, te querré casi siempre
Toda la vida, pero no todo el tiempo

Aunque tú no lo sientas
Aunque no te imagines
Aunque tú no lo sepas
Aunque ya no me pienses
Yo sí, mil veces
Siempre

TODO

De todas las opciones, de todas las personas,
de todos los lugares
De todo entre los todos, tuviste que ser tú
Conmigo

Contigo
Todo tan fácil
Todo tan bien
Contigo
Vértigo ingrávido
Pulso en la sien
Contigo
La ruina es palacio
Frío en la piel

Para aquel truco sólo necesité todas mis ganas
Todas tus fuerzas
Todo
Sólo eso
Magia

Se abrió el mundo a mis pies
y no supe dónde agarrarme
Te encontré en el camino
Fuiste origen
y destino

Cambia mi gesto
envenenado
Cuéntame cuentos
borra el pasado
Bébeme a besos
sigue mi rastro
No estoy perdida
Ya te he encontrado

Y así fue como me encerré en mis
pensamientos para no dejarte salir

Si mi sol fuera una nota
Si recordaras el nudo que nos unió
Si la cuerda fuera refugio
Si se sostiene tu mí en do mayor

Desnúdame despacio
Desnuda, me despiezo
Desnúdame el espacio
Desnuda, me despierto

Cuántos tequieros
Cuánto te quise
Cuando te quiero
Cuando estoy triste

Mi lluvia será río
Sólo es agua, nada más
Tu piel será abrigo
Sólo es carne, nada más
Tu espiga será trigo
Sin hambre
nada
más

Me declaro culpable
Lo siento
Me declaro
Culpable
Te quiero

Tengo una debilidad
y te la sabes de memoria
Por más que lo intento
no sé parar esta noria
Que no, no puedo
imaginarte con otra

Todo lo demás,
que no eras tú,
fue a menos

Cielos cayendo a plomo
Viento buscando a su antojo
Celos levantando faldas
Viajo lejos
en mi vuelo lento
Sin mover las alas

De vez en cuando te pienso
De vez en donde te encuentro
De vez en nunca te olvido
De vez en siempre te quiero

Tengo un tequiero esperando en la punta
de la lengua para cuando vuelvas a rozarla

Ojalás de hojalata
Ojos ciegos
Piel abrasada
No hay consuelo
Volcán sin lava
Mi lengua de fuego
Apaga, Pompeya
No tengas miedo

Sucedió que me di cuenta de que me encantaba
También en segunda del singular

A veces pienso cómo era mi vida antes de ti
Y ya no me acuerdo

Y entonces mi condicional se volvió incondicional
Llegaste tú

Porque todos fuimos alguna vez el secreto
de alguien

Quiéreme

Imperativo imperfecto

Te quise como si no te fueras a dar por eludido

Te quiero
del derecho
y del revés
Te quiero
tanto como te echo
de menos

Imítame en sueños
Méteme en tus asuntos
Mútame sin dueño
Mátame, de gusto

Tenía una debilidad
Del tamaño de tu cuerpo

Que tu por venir y mi porvenir
estuvieran condenados a no encontrarse
Eso fue lo que no sucedió

¿Sabes cuándo,
y después te dice,
y al tocarte piensas,
y el susurro basta?
¿Sabes aquello
del escalofrío?
Pues eso
Ven
y dilo

Y hoy que es viernes sonrío
Sonrío si pienso en ti
Y en tu cena
Sonrío porque bailes la pena

—¿Qué tenía aquello que lo hacía tan cegador?
—Decían que era pecado

Hombro de mi vida
Hambre de unos ojos
que comían
Hembra en tu luz
y en tus sombras
Mi hombre,
tú
Umbral de entrada
y salida

Olvidé que para quererte bien
tenía que enamorarme de mí antes

Ese verso tuyo en mi boca fue suficiente

Si tú no lo pisas,
yo digo barre
Si no te lo piensas,
yo digo dale
Si tú dices sí,
yo digo arre
Si tú dices ven,
yo digo vale

Roma, fuiste siempre un incendio
Del derecho y del revés

Ya se oyen los pasos
Ya se escucha el eco
Ya sé lo que quise
Ya sé lo que pienso
Yo, si me lo permites
Yo, sí te quiero
Yo
Ya

Aire que me das si me miras
que me falta si no estás
Aire que se corta
en la despedida
Aire que contiene «ríe»

Aire, sin más

Ella tenía tantos defectos que le parecía perfecta
Él era tan imperfecto que no resultó defectuoso
Perfectamente imperfectos

Ella le cosió a besos
Él ribeteó sus posturas
Por más que lo intentaron
reventaron las costuras

Deshechos
por el mismo patrón

A veces
escuchando el viento
te veo pasar
cabalgando aquella ráfaga
Mientras tanto
yo
mirando al mar
sumergida entre las sábanas

Vino y me habló
No pasó nada
Sólo pasó eso del revuelo
y la risa en mi cara
No parar de mirarle, pasó
y colgarme de su cuello

Tenía de todo,
rabia y consuelo
velas y viento
ascuas y fuego

Tenía de todo
a favor, el tiempo

Tenía de todo
menos remedio

Yo también
despierto,
el deseo sugiero
y te invento
Yo también
te espero
Yo también
te digo
te quiero
Como tú,
que tampoco

Pude todo menos evitarlo

Me gusta cuando callas porque estás como ausente
Me gusta cuando callas porque estás
Me gusta cuando, calla
Me gustas. Y ya

Dame eso que sabes que quiero
Aquello que un día probé
Que parezca que no lo pretendo
Que me lo das porque lo quieres también

Ella cruzando el camino
Él perdido en sus versos
Ella envuelve el silencio
Él se atreve a romperlo
Juntos lo encuentran
El beso

Se les escapaba la vida entre los dedos
sin darse cuenta
Ella, al fin, se percató
—¿Y qué hacemos?
—Juntemos las manos

Me gusta tu cara y tu cruz
Tu frente, tu canto y tu silencio
Me gusta si me tocas
a contraluz
Y hasta tu miedo
cuando me notas

El hombre a quien yo quiero
Me busca
Es justo y sincero
No existe
El hombre a quien yo quiero
Me lo invento
Por eso le espero

Dicen por ahí que no te echo cuentas
Que ya no vivo pendiente de ti
Que estoy con otro
Eso dicen
los que no saben ya qué decir

Me encanta
Mirarle sin que me vea
Observarle mientras está
concentrado, serio, ajeno
Y cuando está de otro modo
me encanta igual

El día que te abrí la puerta y te dejé entrar

Para siempre

Hoy he soñado contigo
Eso vengo a decirte
Tan breve, tan profundamente íntimo
Tú dentro de mí
mientras yo hacía que dormía

Dice mi sombra que ya no nos parecemos
Que por más que me sigue no cuadra el paso
Que ahora encajo contigo
Que tiene celos, dice

Me encanta cuando
me cantas donde
Me encantas porque
en cuanto es tuyo
mi cuerpo es nuestro
Encanto vivo
Hechizo eterno

Y fuiste tú quien le quitó el prefijo a mi
des.ilusión

Si me lo permites,
si me dejas,
te busco
Si me dejas,
te tiento
Si me dejas,
caen escudos
y espadas
Si me dejas,
si te vas,
muero

A su paso salgo
Su peso añoro
En su piso quedo
De su poso bebo
Lo que puso tengo

Lo que pasa es eso

Éxito,
cabeza en las nubes,
pies en el suelo
Y entonces giré,
me quedé con lo puesto
Mirada perdida,
los sueños y el viento

—Te quiero

—Sí, pero yo te vi primero

Otra vez vuelve esa luna

Viene pidiendo consuelo
Otra vez, todo lo inunda
Eterna, brillante, rotunda

Otra vez vuelve esa luna

Viene rozando mi pelo
Se enreda en la noche oscura
Yo, mirando este cielo

Y tú, que no vuelves nunca

Tropecé con la línea pintada en el suelo
Y me inventé todo lo que no eras

Tengo un te quiero en la punta de la lengua,
de cuando tú me lo dijiste y yo no supe qué responder

Yo sólo quería aquello que no alcanzaba ni de puntillas
Yo sólo quería aquello
Sólo a ti

Y me elevé del suelo

Nos quisimos tanto a ratos que dolía todo el tiempo

Te quiero
En horizontal y en vertical

Quería decírtelo
Un día
Imaginarte a mi lado
Eso quería
Rimas en ese sentido
O figurado

Fuera,
la luna llena
Y aquí,
mi cuarto menguante
Sin ti

Todo comienza con un punto
Todo punto tiene un final
Todo final deriva en olvido
Todos, menos tú

Te vi pasar fugazmente y pedí un deseo

Locura

Qué culpa tendrá mi corazón
si no está bien de la cabeza

De tanto camino de alambre
De tanta venda en los ojos
De tanta vía muerta de hambre
Olvidé calibrar los destrozos

De tanto jugar sin tu fuego
De tanto quemarme la piel
De tanto en cuanto te quiero
No importa si ya no me crees

De tanto mentir la mentira
De tanto medir sin medida
De tanto querer que querías
Volví al punto
Y partida

Estamos rotos por otros,
que somos nosotros mismos

Te seguí dedicando cada uno de mis versos
Te seguí. Dedicados cada uno de mis besos
Te seguí
Aquí sigo
Y no lejos

No debería contarte
y confieso
No debería perderte
y me pierdo
No debería quererte
y me quiero
No debería irme
pero me lo debo

Duele tu ausencia tendida en mi cama
Duele la vela
Arde sin llama
Duele tu marcha
Duele, y no dices nada
Duelo,
rendida,
entrego las armas

Tanto me aferré a tu clavo ardiendo que
confundí tus brasas con mis cenizas

Recuerdo
acordes y desacuerdos
Me acordé del primero
y del último de tus besos
Recordé que ya no
Ni locos, ni cuerdos
Sólo lejos

Y entonces caí en la peor de las adicciones
Me acostumbré a tu ausencia
Y a esperarte

Mi mente me miente
Mis miedos, tus remedios
Mis remiendos, tus costuras
Los costes de esta tortura

Moría de ganas de morirme de ganas
Y así hasta que te encontré

Te quise
creer
Te quise
querer
Y de tanto que te quise
olvidé quererme
Hasta que me quise
y olvidé quererte

Lo peor fue no quedarme
Ni irme lejos

Te recuerdo de otros tiempos
Mi corazón arrebatado,
él, sístole con diástole
y tú, su dueño
Tú, recuerdo
Yo, reloca
Yo me empeño

Sin ti nada tiene sentido pero contigo menos

Me llené de recuerdos
Tan cuerdos mis desacordes
Acordes y desacuerdos
Me acordé del primero
hasta el último de tus besos
Me besé y recordé
que tú ya no

Te quise hasta quebrarme

Que solo no podías estar
tras haberme conocido
Que solo, un sinsentido
Que sólo pensabas
en mí
Sólo eso, me dijiste
Y te creí

Deja de quedarte
En mis recuerdos
Déjame en paz
Y vuelve

Aquello no fue un te quiero menos
Fue un me quiero más

Me conformé con las ruinas de tus castillos en el aire

Te quiero aún porque no puedo no quererte todavía

Cuando engañó la verdad
y se sinceró la mentira
Cuando en el foso de espinas
no hubo lugar para más

Pasó que volé muy alto, en tus mil pedazos

Contigo tuve el superpoder de enredarme
en mil pensamientos
Y el defecto de no saber desanudarlos

Mil vueltas
En el aire
Volteretas
Sin curarme
Ahora regresas
Tú, tus promesas
Me pides otro baile
Espera, voy
No mira nadie

Te quiero tan poco porque te quise tanto

Hambre
de ti
Insaciable fuego
Sed
como niños
Deshaciendo hielo

Me llevé tan bien con tu sombra que,
ahora que no estás, sigue pegada a mí
Y ya no me conoce ni la mía

En paz
le dejó aquel día
En guerra
con ella misma
Tentación
desbaratada
Razón,
tú ganas
Lo siento,
sentidos
Deseo
no concedido

Me di cuenta de que el miedo paraliza justo entonces
Cuando no me atreví a decirte aquello
Y aquí sigo, temblando y sin ti

Inquieta, tu boca
Siempre tan cerca
Nunca se queda
Rabiosa, tu lengua
Por más que la miro
Nunca consuela
Siempre envenena

Te quise
loca
mente

Tormenta la que me dejaste dentro al marchar
También en masculino y plural

Y cuando creía que no
llegaste tú
Y cuando pensaste que sí
ya andaba huida
Y cuando volviste a mí
ya estaba
tocada y hundida

Unas de cal
tantas de arena
Y nunca supe
cuál era
la buena

¿Oyes eso? Son los ecos de mi error

Me dejaste sin sombra de la duda
Sin mi sombra
Y sin tu duda
Y, en mi asombro, te dejé
A ti
Y a mí, un poco, también

Me enamoré de quien me hizo sentir
De ti
Me enamoré de cualquiera
Porque todos tenemos derecho
a equivocarnos
Y a hacernos daño

Agárrame bien la mano
que cuando me dejo ir
por el pensamiento
siempre caigo
del mismo lado
Siempre del tuyo
Y nunca contigo

Te quise por encima de mis posibilidades
De perderte algún día

Y que el mundo siguiera girando
Y la tierra siguiera rotando
Y tú y yo nos quedásemos clavados

—¿Has oído eso?
—¿El qué?
—Nada, sólo era un grito. Mío
Mudo y sordo. Como tú

Pisabas tan fuerte mis adoquines
que los rompías a tu paso
Y a mí. También

Ya nadie me robaba el corazón
Me lo dejaba en casa siempre
Hasta que un día decidiste subir a buscarlo
Y lo encontraste temblando

Me perdiste la cabeza
Ya la he encontrado
Junto a mi corazón
roto,
ya restaurado
Si te fijas bien,
se ven las juntas
de tu destrozo

Ahora que ya no hago pie
Tropiezo en el aire y no ves
No ves que nunca es contigo
Mi envoltorio de papel
De celofán mi castigo

Fuiste mi tormento perfecto
Y así fue como confundí el amor con la lluvia intensa

Apunté todo
para no olvidar
Lo que dijiste, lo que no
La risa, el temblor
Los días buenos y los otros
Pero ya no
Olvidé recordar

Dejamos tantos cabos sueltos que al final
se hizo un nudo y no pudimos amarrarnos
Ni soltarnos

—¿Qué tenía aquello para que valiera tanto la pena?
—Decían que estaba prohibido

Por alguna razón te fuiste
Por alguna razón no vuelves
Por alguna razón te rindes
Por alguna razón
que mi razón
no entiende

Tus puntos suspensivos me enredaron
como una tela de araña
Y ya no pude escapar
Y todo, por si...

Tratando de soplar la herida
de soltar los lazos
De la sangre seca
de esos arañazos
que me dejaron tus besos
y aquellos abrazos

¿Que quién soy?
La más ciega entre los tuertos
La valiente de los miedos
La más lista de los necios
La que ama hasta los huesos

Te quiero
al caer la noche
con las primeras luces del alba
Te quiero
después del derroche
cuando quedo arrebatada
Te quiero
en el día de sol
con tus manos de almohada
Te quiero
aquí, a mi lado,
mientras me roces la espalda

Te quiero
y lo siento, de veras
Te quiero
y si miento, insincera

Te quiero
y el tiempo no pasa
Te quiero
No digas nada

Viuda de tus caricias
Demasiada calma en palacio
Ausente entre otras risas
Buscarte y que vuelvas,
despacio

Fue entonces cuando me di cuenta
de que no estaba viva. Tan sólo respiraba

Celos,
de los pies que te guían
de la sombra que te acompaña
del aire que se introduce
Celos que no nombro por si te descubren

Si por mí fuera, te alejaría
Si por mí fuera, no volverías
Si por mí fuera, te dejaría. Ir
Si. Por mí. Fuera

Soñaba
que me dirías lo que imaginé
que recordarías lo que inventé
que volverías
Eso soñaba
Que me querías,
soñaba
y desperté

Yo en clave de sol
Tú en clave de mi
Esclavos de dos
Enclave de sí
En fado,
perdí
Sola,
sin ti
Recaer sinfín
Y al fin rehacer

Tengo tanto miedo a perderte
como a que se me quite el temor

—¿Qué nos ha pasado?
—Al principio aún sin estar, te veía
Ahora estás y no quiero verte
Y sé que te veré y ya no estarás

En esa canción que suena me perdí yo
Fue justo cuando te encontré a ti
Juntos perdimos las formas y encontramos el ritmo

Si sólo sucediera que
Si sólo sintiera esto mismo
cuando te veo
Si sólo al mirarte se erizara la piel

Si sólo tú fueras él

Siempre supe que este corazón
no aprendería de una vida
Y por eso decidí vivir también la tuya
Error, por partida doble

Soledad es llamarle a gritos y que no te haga caso
Soledad es llamarme a gritos y no hacerme caso

Él quedó desnortado
Ella perdió su brújula
Frente a ellos, nada claro
Y así fue como decidieron perderse juntos,
para poder encontrarse

Te quise como si no me fueras a romper el corazón